U0469152

燕赵秀林丛书·文学

我爱这不刺眼的光芒

阿步　著

河北出版传媒集团
河北教育出版社

阿步

原名李民，河北沧县人。入选第五届《中国诗歌》“新发现”诗歌营，获第三届万松浦文学新人奖，诗作入选河北文学榜2021年诗歌榜。作品发表于《人民文学》《诗刊》《星星》《扬子江》《诗选刊》等期刊，或收入多种年度选本，出版诗集《夜里的马达》。

燕赵秀林丛书·文学

序言

人才兴则事业兴、人才强则国家强，人是事业发展最关键的因素。文艺事业要实现繁荣发展，就必须培养人才、发现人才、珍惜人才、凝聚人才，培育造就大批德艺双馨的文学艺术家和规模宏大的文化文艺人才队伍，构建出成果和出人才相结合的工作格局。

为了进一步推动文艺人才培养和队伍建设，打造一支德艺双馨的文艺冀军，河北省坚持以习近平文化思想为指导，组织实施了文艺名家推出工程、中青年文艺人才“秀林计划”、文艺后备人才“春苗行动”、文艺名家情系河北“故乡创作计划”，构建起文艺人才培养的四梁八柱，形成了老中青梯次衔接、省内外交相辉映的文艺人才格局。在各界共同努力下，河北的文艺人才如雨后春笋般不断涌现，全省文艺事业呈现出蓬勃发展的繁荣景象。

作为中青年文艺人才“秀林计划”的重要内容，省委宣传部会同省文联、省作协开展了“燕赵秀林丛书”的编辑出版工作，将按照“一人一书”或者“一类一书”

的原则，为我省优秀中青年人才出版代表性作品，并配套开展作品研讨、专场演出、展览展示和媒体宣传等活动，形成文艺人才培养、宣传、使用一体化格局，努力推动更多优秀中青年人才脱颖而出，在新时代的文艺道路上挑大梁、当主角。首批图书，将为11位青年作家各出版一部文学作品选集，并从戏剧、音乐、美术、曲艺、舞蹈、民间文艺、摄影、书法、杂技、影视、文艺评论等11个艺术门类中各遴选中青年艺术家代表，分别出版一部优秀作品合集。

青年是事业的未来。只有青年文艺工作者强起来，文艺事业才能形成长江后浪推前浪的生动局面。希望此次入选的中青年优秀人才，能以出版“燕赵秀林丛书”为新的起点，再接再厉、接续奋斗，立足河北丰厚的历史文化资源，聚焦中国式现代化在河北可视可感可行的火热实践，创作推出更多充满时代气息、具有河北特色的精品力作。也希望全省的作家、艺术家们，既秉持学习前人的礼敬之心，更树立超越前人的竞胜之心，增强自我突破的勇气，迈向更加广阔的创作天地，努力攀登新时代文艺新高峰！

丛书编委会

2024年9月

目录

第一辑　相认

第三辑　波纹

第一辑
相认

天黑了，我的院子里月白风清

本想和你说说话
却找不到你
那个时候天黑了

关门的时候才发现
一不小心把月光锁了进来
所以又把门打开
放它出去
可是，它并没有走

还没转身，我的两条黄狗
就开始敲门。我又一次开门
把它们放进来
它们摇着尾巴回到窝里
相拥而眠

我进了小屋慢慢坐下
清点着我此时的家产：
小屋，小院儿，两条狗，月光
还有刚刚姗姗进门来的小清风

小镇

临水。四五条幽长的巷
外出时可以步行或搭船
递一个眼神船就靠了岸

每次出征或狩猎负的伤
可以邮回小镇的阁楼里静养
直到灵魂可以站立，行走
和小巷里的叫卖声一起奔跑

夜晚的月光总是不远不近
像极了私奔男女和天涯的距离

你可以离开
而你最终会回来

只是站在阳台上

我只是站在阳台上
等风
渐渐地起
渐渐地去

只是站在那里
想
来的在哪
去的去哪

想，可不可以再傻一点儿
再笨一点儿
把该归还的都还回
把该卸下的都卸去
让自己轻一点儿
再轻一点儿

我看到了男红女绿
我看到了歌舞升平
我看到了车水马龙

我看到有只猫唱着旧歌谣看我

可不可以什么都不看

只是站在阳台上

站着

夏天来了

夏天来了
晚上要记得关窗
海边的蚊子
一只比一只厉害

夏天来了
晚上将多出好多节目
记得叫我

白天越来越长
伸的懒腰打的呵欠
也越来越长

夜晚越来越短
往事却像头发
越来越长

末日

走，还是不走
低下头

不说话就不说话吧

黑夜骑着白马匆匆赶来
掩盖一切

整个世界
当然包括你

你说，大声地说
来吧，来吧，来吧

黑夜不是黑夜
白马不是白马

你不是你
我也不是我

一百年，一千年，还是一万年

怎么着，还不腐烂

永远也看不见永远的脸

无从谈起的相见恨晚

割鹿刀

昨晚，失眠
看《萧十一郎》

把玩着割鹿刀
我想的却不是
“秦失其鹿，天下共逐
唯胜者得鹿而割之”

我不是英雄
我只是想
在某个月夜，坐在窗前
或者坐在屋顶
为沈璧君和风四娘唱首歌

我在窗前看到你

我坐在窗前看街道的时候
一不小心看到你
我知道你没有看我
我还看你
和你的背影

我的手里没有咖啡
我是坐着木头凳子
看你

我们这里都是平房
你再走远一点
我就看不到你了

归去

这次回去，坐车，有座
车，还是那辆车

坐在我右边的少女
有一颗爆米花的头
有一台苹果的手机
有裸露在外的后背
坐在我左边的女人
有一支正点燃的烟
有一个睡着的小孩儿
有一双生了锈的手

我看不到她俩的脸
到站我也没有回头

此时，这个小镇
暮色刚刚好

故乡

和老友相逢，在小酒馆
我们拼成一桌，他说
漂着的人总被问起
故乡在哪里
漂着的人也总问自己
故乡是个什么东西

我说故是老的，乡是家乡
我不想家乡老去
我宁愿她死

是的，最后
那个喝醉的人是我

向晚

他的头沉向左边，在那个角度
他看到小麻雀从竹梯上飞走了
它稳稳地落在电线上，看着他
和它自己渐渐地沉入灯火之中

和远来的客人共进午餐

我们彼此不熟。酒过三巡
依旧谈论着各自的家乡
一座小镇
或者一座城池

席间，我们不约而同
搬出了我们的土特产
他们说喜欢我们的红枣
我们说喜欢他们的樱桃

307 国道两旁的卖刀藏人

他们身穿藏袍，站在国道两旁
他们肩扛藏刀
伫立在这华北平原的季风之中

他们沉默着，从不高声叫卖
藏刀的锋芒。他们任由车马
来来往往，疾驰而过
好像，他们并不是在卖刀

暮色深沉，他们小心地把刀放进背包
结伴走向灯火阑珊的农家客栈

我们一起生病

我们一起生病
我们一起走路去村边的小门诊
我们一起在拥挤的小门诊里排队
我们一起让那个大肚子医生诊断、开药
我们再一起走路回去

那个时候，河水还很清澈，炊烟还很茂密
我们还有彼此陪伴。生病也显得十分惬意

时光

它欺骗了我们。它有罪

它骗走了我的玩具，骗走了我的河流
大片的麦田，黑而温暖的夜晚
它骗走了天空的繁星和飞鸟
骗走了树木经年累积的年轮
它甚至，骗走了那盆死不了花的性命

它的每一次抢掠，都有去无回

我在暗处

我走进黑暗中
回头看你
你在发光

而你看不到我
你只看到黑暗

KTV：开始抑或结束

音乐起来身体起来世界起来
让我忘记
忘记音乐忘记身体忘记世界

在这里
所有的白色渐渐接近透明
所有的黑色渐渐接近眼睛
自己和自己永远不会和解
自己和世界却轻易融合

声音哑了许多，好多人瘦了
天黑了，月亮有点儿弯
像一道眉

我愿意

我愿意，在这个时候写到家乡的玉米
写到大豆和高粱，写到红枣和棉花
写到父辈堆满褶皱的额头
和从额头上摔到土地里的汗珠

这些都是离我最近的事物
我曾无数次经过它们，又无数次忽略它们

我愿意，在这个时候坐在地头上
看一场夕阳西下，牛羊归家
我愿意，在这个时候看炊烟四起
灯火盛开，星星亮成眸子
我愿意，在这个时候一家人围坐一起
吃一顿并不丰盛却热乎乎的晚饭

饭后，我愿意，在夜色中端详这面老墙
端详这破损的砖瓦，这蛛丝和尘埃
听它们把多年前的故事娓娓道来

给妈妈打电话

打电话的地方有水
一片一片在洋灰地上
像那些滑稽女人头上的大红花开着

远处有雾，有灯光
我避开，我想在谁也看不见我的地方
给你打个电话

想起“禽流感”那年
你围着整个村庄寻找那几只鸡
你站在滹沱河岸边的高岗上
一边迎接着回家的儿子
一边叫着那几只母鸡

那时候，我没发现你老
只是觉得你手里新折的柳枝上
小细叶真绿

可回头再去看
你竟是那么荒凉，就像我脚边
这些被天空抛弃的雨水

站到最高的地方

从最高的地方往下跳，跳回小时候
跳到盛夏的麦秸垛上
口无遮拦地和那帮小孩儿对骂

那个时候，村里有个中年女人
就喜欢在傍晚站到屋顶之上
骂娘，一骂就个把钟头
只为找回白天地里丢失的几块红薯
几个辣椒

她骂得淋漓尽致
越骂越有底气。第二天站在街坊面前
都红光满面

妈妈就骂不出来
爸爸曾为此很生气
我也想骂，就在这个时候
这雨后初晴的天空
却蓝得我
心软了

小时候曾和妈妈一起在窗前看雨

一路的小雨，梧桐有香
我从远处赶回来
就想在这个小镇过一个雨天

远远地，看到有几个孩子
在我家门前玩耍
等我走近，他们都躲到了屋檐下

在别处

我在别处看我
好像看另外一个人
我从黑夜望向白天
好像那是另一个世界

我在这里欢笑
我在那里哭泣
好像一个人的身体
烙着两种颜色的命运

我试图抚平这黑白
之间的沟沟坎坎
却找不到
一把顺手的农具

我只有在太阳升起之前
泡好一杯不合时宜的清茶
走向你，拥抱你
那个从泥土里走来的人

铁皮房子

一想到要在一个地方
比如，这间铁皮房子
待一辈子，我就想跳舞，跳弗朗明戈
让自己变成吉普赛人

而此时，我却站在北窗
看天空看云看夕阳
看高架桥看高速火车看建筑工地
看远处的树还有公路和公路上的车马
真的有马，它们正拖着马车哒哒地回家
车上是麦子，金黄的完整的麦子

下意识地，我回头看了眼桌上那块干面包
那包烟那支打火机还有那盒长把儿火柴
那盒火柴是从五星级酒店带回来的
其实用起来，和妈妈口中的洋火一样

我也曾在酒店浪迹过，穿西装打领带
和五颜六色的上帝握手、微笑
周围充斥着迪厅、夜场、香车和美女

我以为那就是江湖，那就是天涯
我以为我会就这么一直浪迹下去
而后来——

此时，我就站在这间铁皮房子的北窗
竟又一次提及江湖
明天傍晚，我打算站到南窗跳弗朗明戈
有空你就来看吧

像个孩子一样

他像个孩子一样
坐到我的身边
说着这一天
所发生的事情
点燃了一支烟

他说嗓子不舒服
问我还有没有药
我说没有

他说一起做工的人
太过聪明
我说不管他
做好自己就好

我没有看他，我知道
离开了故乡的黄土地
随之而来就是他所不能承受的轻和重
这些，我们的土地并没有教给我们

他说要给家里打个电话
说着就走出了屋子

我一直装作很忙的样子
没有起身留他
我那越来越老的父亲

我是一个残忍的人

散了酒，站在一个墙角里
最终倚在那里
看一盏绿色的灯

请原谅我
又把你认错成那个人
他在我身体里
住了太久
他熟悉我的每一根血管
每一个心思

刚才你就坐在我的对面
你喝酒
让我也喝
你和我干杯
你不管别人
放开嗓子对我说
下次一定要做回自己
不想做那个人的替代品

可我是一个残忍的人
我说我不能保证下次
不把你认错

你又和我干杯
然后笑然后沉默

此刻，你应该在回家的路上
你的家在乡下
离城里还很远
你是怎么回去的
坐车吗骑马吗
还是提着灯在风里走

就这样吧。夜很长
在天亮之前
你肯定会找到家

酒歌

今晚，我们将退居另一个朝代
做一次局外人

我们围炉而坐，把酒当歌
来，我先敬大伙儿一个

趁炉火正旺。来，来，来
清冽冽，一饮而尽

听，青瓷碗都在歌唱这个夜晚

我们起身，扭晃到彼此身边
让我们和青瓷碗一起歌唱
唱到，谁也找不到我们
我们自己也找不到

我们将次第沉入梦乡
谁也不要做清醒的那一个

寒冬夜行人

迎上来的天是低的
好像要盖下来
又好像还是那么远

为躲避一束光
我藏到篱笆后面抽烟

那束光迟迟不肯离去
像一个旧情难忘的人
我在篱笆后面又点了一支
总之，我不想和它遇见

终于，它和一群光束走了
我也从篱笆后面站了出来

天还是很远，远到无边无际
我还是很小，小到忽略不计

偏头痛

我不止一次这样发誓
定要将你像腌酱萝卜那样
切成一小片一小片
装进墙角的坛子里
等闲下来
就将你当下酒菜
一口一口吃掉

不过，你也知道
这些只是我妄想症发作
我不喝酒，甚至
连一把像样的酒壶
也没有准备

我只能给你最好的药丸
和最绵长的夜晚

我们一起度过夜晚

我们一起度过夜晚
从第一颗星星亮起
到最后一颗隐去

我们拥有一颗昼伏夜出的灵魂
在夜晚，只有在夜晚
它们才会发光

我们带着光芒
坐在临时搭建的帐篷里
我们谈起那些
日光之下不能言说的部分
它们在被说出的瞬间
逐一死去

买酒去

不喝酒的人终于
要为自己买酒去了

他穿上臃肿的棉衣出发
这深冬的夜晚多么爱他
一点儿也不像冬天那么冷
他也没有遇到
任何一个不想见的人

在空旷的路中央，他一边走
一边给头顶的路灯拍照
给它们听他正在听的歌

他摇摇晃晃来到小酒馆
推门就说：“来瓶啤酒”
“多少钱”
“那来两瓶”

他拎着酒离开
所有人都看着他

看着他走出很远

但他们永远都不会知道
他来自哪里
又将去到哪里

雪落地，人回家

下雪了，他特意
从外面赶回来
躺在自家的土炕上
听雪落在屋顶
落在院子里
落在黑狗的眼睛里

一路上，他就想
他就应该在这样的夜晚回到这里
就像一个人，最后
就应该死在最初的土壤里

灶膛里的火
一直燃烧到心里
他睡不着，也不想睡

明早他还要赶最早的那班车离开
他将是这个村庄里
第一个把脚印扣在雪地上的人

山坡上

我奔跑，你收起皮鞭子看我
你允许自己暂时忘记庄稼和羊群
你抽一袋烟的时间
我站到了最高的山顶
歌唱，不停地唱
唱你的汗水和脊背
唱你堆满褶皱的青春和爱情
唱你身边吃草的山羊

我伸出双臂做出飞翔的样子
你也闭起眼睛
以为我真的拥有了天空

他说

他说他想抱着一个陌生人痛哭
不想在故人面前展示幽灵般的自己

他说他的心早就长满夜色
被露水一次又一次打湿

他说很多时候，箭就在弦上
只需吹灰之力
就可以穿透石头的心脏

他说更多时候
感觉快活不下去了
他就深呼吸
吞下所有的利器

他说最平常的时候
是什么也不说
只是坐在夜里
看着夜色一点一点消失

夜半

十七岁遇到，二十岁遇到
清风，明月，流水
这些叫人散漫的风景
这些让人忘乎所以的时辰

一转眼，五年过去，十年过去
草木在春天又一次长出新芽
时辰却生了锈，长了皱纹

总该有人，在夜半时分
为此默默地痛哭一场

这些值得我们痛哭一场
默默地

不言

口齿不清的人
也不想说些什么

他只想和你们喝杯茶
然后，一起哭一哭

泪水不适宜在眼睛里待太久
人们每天在幻象中旋转
看不到彼此的悲苦

只有眼泪，它藏在里面
目睹了未说出的一切
又毫无保留地奉献给你

相认

酒桌之上
那个沉默不语的人是我
那个走神的人是我
那个把水洒了一身的人还是我

多年以前
那个坐在角落里哭泣的人是我
那个那么胆小那么卑微的人是我
那个甚至不敢举手和老师说
我要上厕所的人也是我

总有某些时刻
我和那些我相遇
相认，拥抱
并告诉对方
一切都会过去

经过这摇摇晃晃的人群
看过这明明灭灭的灯火
喝下这举起又放下的酒

其实那些我都是同一个人

只是他们不断地重叠
又不断地被拆开
走向不同的时间和地点

对不起

终于，找到了一个偏僻的角落，继续抽烟
终于，最后的那支烟也熄灭了

四周，除过草木和飞虫，再无多余的眼睛
终于，可以开始哭了，痛快地哭

有多久，不曾端详自己伤心的模样了
又有多久，未曾打磨那些更加孤独的刺了

哭吧，哭过之后才会愉快
慢慢地哭，这个夜晚还浅，天先亮不了

深秋此时

小流津二桥附近的杨树叶子
一夜之间都黄了
像一朵朵橘黄色的云落到地面

你一片也没有踩
你应该是一个爱植物爱到自己发热的人
是一个善良的人

抓住这最后的一小截秋天吧
欢乐就是桥上的叶子，单薄而易逝

在这一小段日子里
允许你头戴红花允许你放开你破锣的喉咙
允许你喝点儿小酒允许你做个少年的梦

春日啊

杨柳飞絮
它们不累我累了
南燕北飞
它们不老我老了

所有的门啊都开了
我却不想出去了

昨晚的酒啊
直到此刻还没醒

小夜曲（一）

我们唱歌，我们跳舞
我们孤零零

黑夜落在我们周围
拥抱每一个无家可归的人

每一个无家可归的人
都是一个新鲜的孩子

我们唱歌，我们跳舞
我们点起篝火

那簇欢腾的火苗照亮了夜
和我们的孤零零

那个时候

窗外的阳光很好
春天来了
想起那个时候
花总是开在窗外
开在身边

我们总是在这个季节的早晨
深深地呼吸
总是在这个季节的傍晚
在街道上奔跑

炊烟就在屋顶
绕来绕去，绕啊绕
好像在发呆
又像在思考

坐在楼顶的人

吹着风
晒着月光
腿显得特别长
好像可以
把西边的星星
勾下几颗来

但是，那人
就那么坐着
月亮就那么亮着
星星就那么眨着
风就那么吹着

也没喊那人一声
我就那么走了
这条街就那么空着

酒事

它们是一株株被子植物
从唇齿间移植进我的身体
在我的脸上开出高于体温的花朵，红色的

那个曾经陪我喝酒的人啊
你坐在我对面总是一言不发
却唯有你知道，我从不轻易让那些发烫的藤蔓
在我筋骨上缠啊绕啊

你去了哪里，还会不会赶来收拾我的偏头痛

月亮

这些夜晚
我总能看到月亮

它升起得早
我看得到
它升起得晚
我也看得到

只是这些夜晚
我都没看到你

小镇之夜

一群人在夜里走
红灯笼在树上看着
他们，一个一个
都变成了小孩子

他们摇着手，说着没醉
没醉，却在春风里迷路
他们一起坐在
一个记忆中的门口
等待着一把正确的钥匙

等风吹

冬天的最后一个夜晚
我等北风吹。我知道你还在路上
还需要穿过一片森林和积雪
无数的河流、城市和村庄
才能来到我的华北平原

我早已备好一坛老酒
一碟花生米、一盏橘黄的灯
我知道我们终将拍打着彼此的肩膀
互道珍重。你将继续前行
就像今晚的北风要穿过我的华北平原
去见一株南方的向日葵

忏悔书

风吼了，草黄了，河水断流了。我在奔跑
高高的白杨在月光下被砍，流淌着白色的血液。我在奔跑
门关上了。妈妈的双眼在偷偷送我。我在奔跑
路边的孩子丢了手中的气球，坐在地上哭。我依旧在奔跑
那个拿出好酒等我豪饮的人，独自醉在小方桌上。我在奔跑

前方的盛宴，在虚幻中张灯结彩。一个气喘吁吁的我
伸出手去握每一双空荡荡的手。软到无骨
醉去醒来，解酒之茶再也不是之前的味道
我禁止自己摘下眼前那颗唯一的糖果

山，还是山

开门是山开窗是山抬头是山
睁眼还是山。我爱它吗
我真那么爱它吗
我这个一座山都不曾拥有的人

我这个一座山都不曾拥有的人啊
在凛冽的山风中，我的尖叫
我的心跳
也只是剧烈了
那么一小会儿而已

不归

多熟悉的傍晚，他用烟圈
把夕阳锁了一道又一道
他以为黑夜会因此来得慢一点

没有家的人啊，是多么害怕黑
没有家的人啊，正伸手去抓那窗里的灯

一瞬间

阳光从百叶窗的缝隙投过来
这是深秋的午后
白杨树的叶子还十分绿
它们在风中摇
风中已存储了一些冷
这些冷被窗户隔在外面
我坐在窗前，一瞬间
睡意四起，仿佛轻松地
就可以放下一些什么

愿望

我想让我的每一个字
都拥有它们最原本的模样

它们和我一样生于乡野
它们不需要那些花哨的玩具
它们就应该在田野里奔跑
感受着风、阳光和水
偶尔做个小鬼脸儿

它们就应该拥有一场这样的童年：
我分给它们每人一抔泥土
任由它们捏出自己喜欢的样子

自由

一个人也不认识。多好
楼还是那么高
人还是那么多那么远那么小
等还是那么久
太阳还是那么亮
这路旁的桃花还是光秃秃一无所有
风还是那么大

站在风里，想到昨晚朋友问我什么时候放假
我说：二十七，你呢
她说：我是自由的
真让人感动
我很久没有听人说这两个字了

从前

火车已经过去第三趟了
其实，我也不记得火车过去几趟了
它一来就抢我的声音

从前，我并不厌恶火车
甚至愿意让它开进我的梦里
撞出一个明亮的窟窿

从前，我们这里啊也并没有一座山
从前的很多事物都是谎言
从前我做梦都想让火车带我走

我们院子里的树呢，春天发芽秋天落叶
哪里也不想去。我现在和它们站在一起
指控我的从前

我拿不出或根本就不想拿出
任何辩驳的证据。如果我还微笑着
这说明我也变成了一列令人厌恶的火车
装满了一群没有悲伤的人

让人痛快的事怎么越来越少呢

一早睁开眼就要想着要去见什么人
穿什么样的衣服
这个早晨热得像个混蛋

死不了花的长势良好
麻雀的叫声依然隔着窗户高低起伏

写不写一首诗又有什么重要呢
早晨首先要把脸洗干净

麦秸垛

那时候，我们用去无数的傍晚
藏进麦秸垛里
只为等别人来找
只为当麦秸被悄悄地揭开时
我们的哇哇大叫高过所有的蝉鸣

我们没有一个人愿意结束
哪怕用尽了一生的傍晚也不愿意结束
那是永远也不会重来的喜悦

西窗

窗台下有几盆花
有的开了
有的还没开
窗外有弯月亮
不是很亮
也不是很暗
一早它就默默走了
那时风就会吹过来
橘黄色的太阳
从窗玻璃上洒下光来
洒在那几盆花上
它们有的开了
有的谢了

凉亭

你一个人在园子里晃荡
一个人的园子还是热
你还是和别人一样出了一身汗

你也不知道走到了哪儿
你只知道你是在这园子里
你看了看天，看了看地
天地又都是陌生的

你在心里说着：
给我一条路，让我看清楚它
给我一座凉亭
给我一个人
他能陪我喝酒
没有多余的话

小夜曲（二）

想趁着雨还没来
出去走走
看看天上还剩下几颗星星
刚出门就又回来了
雨已经下上了
淅淅沥沥的
好像这雨也困了

我站在窗前看着远处
雨中打伞的那个人
怎么那么像我

一截木头

这截木头在早晨的阳光里
也湿漉漉的
它被废弃在这里很久了
旁边的一些杂草
长势愈来愈好
这个秋天过后
肯定会落下更多草籽
来年它们也会更加茂密
而这截木头
这截废木头
可能没有哪个木匠能看上它了
它可能将一直在这里
现在它还没有腐烂，它的纹路
还依旧清晰
依旧藏有最初的清香

第二辑

我想拥有更多的
清晨和黄昏

夜里的马达

夜里的马达，声音真好听
由远及近，又由近及远
听得出是台性能优越的小摩托

而夜晚那么大，雾气那么薄
小摩托会开去哪里

多么有意思啊，如果它
带着两个漂亮的人去私奔
消失在薄雾里

我并不需要你的回答

我们总是说一些自认为准确
又有新鲜感的话，并把它们分行
认作诗，收入备忘录
而世界并不会因此改变些什么

当我发现，我渐渐并不那么热爱
也并没有很悲伤，反而
觉得这才是生活

我还是要活着，还是要
在这间屋子里活着
当你推门的时候，我还是会
抬抬眼睛看看你，像看所有人

问你怎么了有什么事吗
然后就把眼睛收回来
我并不需要你的回答

呼吸

害怕有人在我毫无防备的时候
打来电话
让我去参加一个什么宴会
见一些好久不见的老朋友

那个地方在哪里
这并不重要
那些老朋友过得好不好
这有一点重要
我不知道该怎么把这些年的空白
给他们每个人都涂上颜色

每一种颜色都有气味
刺鼻，伤胃
我经常陷入幻想中走不出来
幻境中的每一口空气
都让我无法呼吸

故乡是一个过去式的词
它停在一座岛上

那里没有人居住
下雪的时候
它是白色的，才会有小孩子出现
在路边堆雪人
我也经常会在此刻进入故乡的区域
为那些雪人插上一截胡萝卜
让它们呼吸
呼吸

我们不能没有呼吸

最像秋天的一天

这一天，早早就醒了
站在窗前，能看出很远

又赶上周末，事情并不算多
去买葡萄的路上，车辆也很少
葡萄很甜
晚上有一桌客人要来
他们都喜欢吃

秋天应该是甜的
尽管我的父辈们并不这么认为
他们还在偏远的农村
嗓门很大地喊着
“赶紧干活儿”

洗葡萄的时候，我放了一首轻音乐
让节奏尽量慢下来
尽量不去破坏任何一颗葡萄

只有泪水落下来

这一刻一定会到来
欠下的泪水一定会落下来
我只是其中一个
一定还有很多傻瓜在赶来的路上

只有泪水落下来，才会有人柔软下来
只有泪水落下来，才会有人放下虚妄之爱
很多傻瓜，已经忘了怎么哭泣
忘了泪水值得被歌颂
忘了双手掩面擦去泪水的时候
也会擦去尘土

十分抱歉，泪水落下的时候，也总有人会消失
有的人消失了才会被发现
有的人消失了就再也不回来了

一起吃饭的人

我更愿意和对面那个浑身是土的人
坐在一起吃饭
和他一起表达对食物的
渴望和爱
他可能和我一样
没有吃过什么山珍海味
甚至都没有见过
他的心里可能也不会装着
清风、明月、星辰和海洋
只是他放下碗筷后的那种满足
抹嘴时的不好意思
让我的心里踏实得想哭

日常生活（一）

学会做饭就不会饿肚子
下班早的时候
会特意买一点儿新鲜的菜
自己做饭
天暗下来的时候
就把灯打开
等它们熟

有时候也会带着委屈回来
也会特意买一些新鲜的菜安慰自己
只是天暗下来的时候
不再把灯打开

还有一次，夜深的时候
坐在马桶上抽烟
抽着抽着就哭了
那之前，很久很久都没哭过

秋天来了

窗户开得越来越小
好多的爱逐渐冷却下来

我想坦白，把所有
不能说的都写下来

但我还是无法
避开谎言

这半生，我说了太多
现在，它们已然长成果实

傍晚

很多话
是说不出来的
那个时候
特别像傍晚
站在阳台上
看到的远方

立春

公交车上，那个小朋友
在有了一个座位后
眼睛就笑成了一条缝
坐稳了，他把手里新买的鞋子
抱进怀里，紧紧地抱着

立春了，马上要过年了
忽又想起，十年前曾和老友相约吃春卷
如今这早已成了一笔糊涂账
我们也都已纷纷步入中年

站在医院缴费大厅的一对乡下母子

拎着水果的人经过了他们
捧着鲜花的人也经过了他们
拄着双拐的人
直不起腰来的人
各种各样的人
都在经过他们
他们就站在原地
小伙子神情慌张，举目四望
老母亲紧攥着他的胳膊抬头看着他
他们一直站在原地张望
好像一个可以信任的人
也没找到

有的伤口并不流血

玻璃刀沿着
之前画好的那条线
在瓷砖上划下去
然后双手向下用力
咔嚓一声
瓷砖上的那只小熊
就身首异处了
没流血
一滴也没有

夜里的永安南大道

在九河路拐角的地方
我买了樱桃和杨梅
本地口音的摊主
给我搭了两颗坏的杨梅
我又把它们放了回去
往北走，遇到几对情侣
他们年轻，时不时地
就在对方的脸上亲一下
他们身上都喷过香水
像极了他们此时的爱情
也有独行的人
总是靠着最边上走
走到最北边，是老年秧歌队
他们听着热烈的音乐
却总能扭出缓慢的动作
我从没有想过要加入他们
总是走到这里就往回走

那里

有一堆木头摆在那里
像一个人坐在那里
当那堆木头燃烧起来的时候
就像一个人正坐在那里燃烧自己

从没去过酒吧的人

你是一个多么陈旧的人
从没有去酒吧喝过酒
就像你 60 年代的爸爸妈妈
学不会用银行卡

是什么在改变着你
让你的每一步
都走得那么安全

可能是十年也可能是二十年
在梦里你再也没有飞起来过

外面的夜正下着雨
有人在雨中赶路
而你像大多数人
躺在床上等着闹铃叫醒

你想去酒吧跳一次舞
你想去草原和大海看一看
你想回到你少年的梦里

穿过屋顶和山峰飞上天空

那就去吧，去一趟不眠的酒吧
那里的每一支酒杯都漾出雪白的泡沫
所有人都只认得此刻的你
会有人爱你

孔雀

我站在窗前，看着那个自己朝南走去
乡村公路上已经没有炊烟
我知道那个自己是要去不远的那家工厂
拍一张孔雀的照片

照片上的孔雀没有展开羽毛
它们看着不同的方向，一声不叫
一动不动，宝石蓝的尾巴从高高的木架上
垂下来，像一挂小瀑布

我不知道那个自己为什么要去拍孔雀
他回来的时候，天已渐渐黑了
我站在窗前，看到他轮廓已经有点儿模糊

我还记得我们第一次看见那些孔雀
它们被关在那家工厂的大铁笼子里
又热情又有点羞涩地把羽毛
一支一支地展开给我们看

夜行

汽车在宽阔的永安大道上走
电动车自行车在窄一点儿的便道上走

我在银杏树下走

而那只小小的刺猬在最里边
沿着篱笆在草丛里走

太小了

烦恼的时候
你就把自己放到一个
远得不能再远的星球上去
看地球，小得
就像一颗蓝色的玻璃球
飘浮在宇宙的手掌中

而人在哪里
你在哪里
你的烦恼又在哪里
根本就找不到
都太小了

有些事情是无解的

比如，连续几天，我都在小区里碰到一只黑猫
每次它都围着我转来转去
我总想着，下次要给它带点儿吃的
但却总是忘记
这一天，我下楼的时候特意给它拿了一根火腿
而我却没有碰到它

再比如，我总想把这件事情告诉你
可每次见到你，我都没有说起过这件事

再比如，这个夜晚，我走在永安大道上
一片金黄的银杏叶不偏不倚落在了我的头顶

最后一个苹果

把冰箱里的最后一个苹果
拿出来，摆在桌子上
阳光穿过窗户正好落在它的身上
我站在一旁看着它
黄的地方更加金黄，红的地方更加鲜艳
那一小块儿灰色的疤痕也更加明显

每时每刻都在死去一点儿

苹果被我
一口一口吃掉

没有第二个苹果
没有第二个我

每时每刻我都在死去一点儿
一点儿一点儿

夜幕没有完全落下

夜幕没有完全落下，还留着一丝缝隙
火车、电线杆、隐约可见的电线
还有几只鸟在飞
好像再冷的天气，也总会有一些生命
是持续发热的

如果这个时候，你也只是一个人
看着它们，并承认世界是辽阔的
是速度的，是朴素的，是飞翔的
是无常而又永恒的
你会忽然感动，忽然想哭吗

哭，是多么让人羞愧的事
你也肯定会这么看不起自己吧
而你又肯定也需要这样的时刻
来清理一下眼中的风沙

英雄

打扫房间，洗脏衣服
并不能治疗悲伤和烦恼
人一旦习惯了关门和异乡人的身份
大街上，那些打招呼的人
就变成了又蠢又笨的敌人

出门跑步，停下来抽烟
月亮又是一个新鲜的弧度
人一旦陷进往事
所有的更迭就都停在了“那个时候”

那个躺在书里的美国老头儿布考斯基
活得像个什么都没有的人
有人当他是人渣有人当他是流氓
而人们一旦把他当作英雄
就想把全部的眼泪都只献给他

大雨即将落下

心事太重的人
无法让自己再轻一些

他们应该长出翅膀
他们应该学会游泳
他们应该学会在夜里偷偷
走出家门，去一个陌生的地方
把自己变成另外一个人
轻一些的人

他们应该放下文字、绘画和音乐
以及所有靠近内心的技艺
不要总试图去建造
另一个更加美妙的世界
不要总想着这句话那句话
必须要预示着什么

大雨即将落下
云在翻滚。我们把衣服收起来
把伞也收起来，把门锁上
出发，去和雨融为一体

饮酒记

以一个年份推算一个人的年龄
是错误的
以一个年龄揣测一个人的生活
是愚蠢的

我们是错误的，酒是正确的
我们是愚蠢的，酒是聪明的

围坐在火锅旁取暖的人们
言语和沉默都是必需的
而在一场真正的酒中
清醒的人是可耻的

一旁茶桌上的柿子是金黄的
等酒后，它就是我的

大海有什么用

我的父亲母亲
还没有见过大海
他们也从不认为人这一生
必须要见一次大海
他们说大海有什么用
人这一生还不足够大吗
只要伸一伸手臂
就可以抱住半个世界了

冰糖

你把一块冰糖放进了茶壶里
倒出来的茶水，苦中就有了一丝丝甜

你在窗前喝茶的时候，看到几个老头儿
正在不远处的冰面上抽打陀螺

他们的快乐在人生的最后阶段抵达巅峰
和陀螺一起，正在飞快地旋转

失踪的白马

镜子中，那双红眼睛
并没有看到曾经的那匹白马

它失踪了。在他醉酒的夜晚
它只留下半槽未吃的干草

天刚亮，一夜的雪全铺在地上
所有的路都没有了去向
也看不到白马的蹄印

他坐到窗前的方桌旁
哼唱起白马最喜欢听的曲子

推开窗子的人

推开窗子的人
会最先看到黑夜

这是一支没有尽头的队伍
我们将依次走到窗前

我越来越愿意
把这样的秩序当作信仰
每个人都拿着自己的编号
安静地等待着

我们多么相似
我们都将走到窗前

我们又多么不同
有人看到了黑夜
有人看到了阳光
也有人看到了一切

不需要名字

花是紫色的
不要告诉我名字
山在远处
也不要告诉我名字

我也没有名字
风吹过来
我们一起摇摆就好
就像喝醉了那样

深夜醒来

楼道是空的
我穿过楼道
来到水房
水房也是空的
我来到水箱旁
太好了，水箱是满的
我接了一杯热水
我需要这一杯热水
我捧着水杯
看墙上的镜子
没发现另一个人
我捧着水杯
来到楼道尽头的窗前
看到所有的灯光
穿过满世界的雾
正在向我呼救

这一切都没有关系

别处的人群、日出和日落
是新鲜的。你要去看就去吧
出发之前，你要静下来想想
还有什么需要带走
这一切，都没有关系
你不必担心这些空了的地方
会被风吹出声响。你走之后
这里就会长出新鲜的东西

我想在死之前我们应该还会再见一面

我们相互道歉
又像兄弟一样拥抱
只是你现在不能喝酒了
你在准备迎接第二个孩子的到来
我从前也不喝酒
这你知道
你还知道更多的事
我也知道更多的事
我们都不说
我想在死之前我们应该还会
再见一面

失败之人

他们口中所说的失败之人
这些年，一直活得像个
小孩儿。对于如何练就
捕食夺金的本事总不得要领
这些年，他看到很多人死了
有荣华富贵之人，也有和他
一样的失败之人。他从不参加
他们的葬礼，将来也不希望
人们参与他的死亡。因为失败
他能做主的事少之又少
不敢解除与尘世之间的纷扰
失去了流浪街头的勇气
他对身边的热闹假装欢迎
转身之后的夜空，星星渐次消失
他远离人群。他又走进了人群
装作和所有人一样向家走去

捍卫热情

“捍卫热情”
面前的书上是这么写的

我并不十分想读它
昨晚窗户缝里刮进来的风
让我头痛不止

此刻，我厌恶向我走来的
脚步声，我能想到
紧接着的就是敲门声
再接着我就要说：进来

这不是通往山林的小路
两旁没有终年不褪的绿
这地板会反光
那些人的脸都在上面

我不断失望，又不断保持微笑
不断地杀死自己
又自我拯救

我厌恶这个下午
好像有个操控情绪的按钮
一摁下去它们就会爆发

我毫不怀疑我会爱上一颗炸弹
我只怀疑我能否持续热爱

这个下午竟然就快要结束了
像很多个下午一样
就要回家了
他们都积攒了全身的力气
他们会在回家的路上买一棵白菜

那些年我们都种麦子

天高地远，大人们戴着金黄的草帽
我们小孩子则四处奔跑

中午我们都不回家
就在松软的地里铺上桌布
大人们喝点儿啤酒，小孩子喝白开水
也开始练习喝一小口啤酒

风总是毫无顾忌地刮过来
云是一大朵一大朵地飘过来
大人们聚在云朵下说着下午的活儿
说累了就躺在地上眯一会儿
我们跑累了，也学着大人的样子
躺在地上眯一会儿

秋收把我和父亲捆在一起

我们手执铁耙
我在这边，你在那边
中间是等待摊开的红枣堆

这应该是我们最适宜的距离
各自为政而又统一于一片疆土

从小到大，我一直与你为敌
不给你买烟，不给你捶背
你也毫不留情地对我下手

而此刻，我们却配合默契
好像战争之后
我就成了另一个你

相信

你让我坐下来，听听你
你用珍藏上好的铁观音待我
茶品一半，松油灯就沉入了摇篮

我并没有起身离开
我愿意相信这杯中茶的温度
我愿意相信你我之间丰沛的沉默

我想拥有更多的清晨和黄昏

我想在一个
我从未去过的地方
以一个异乡人的身份
拥有一小块儿土地
种些蔬菜
像小时候那样
给它们浇水施肥
清理杂草
我确定那样我就会拥有
更多的清晨和黄昏
我会看着它们生
也看着它们死
我多想看见它们完整的一生
而不仅仅是某个片段

没有花瓶的人

我还没有一只花瓶
当然，我也没有花
我也从没有想过
我要拥有一只花瓶

我家楼下就有一间花店
每天我都从花店门口路过
有时候我会侧头看看
玻璃门后面的花
它们都开得正好
都拥有最美的时刻

有时候我很忙
来不及看一眼就匆匆走过

可就是它们在不断提醒我
我是一个没有花瓶的人

未眠

你是凌晨十二点还无法入睡的人
你是被掏空的人。被自己掏空
被时间掏空。你拽不住下山的太阳
也点不亮暗下去的星光
你爱着太阳，也爱着星空
你的矛攻击着你的盾
迸出的火星烧焦了一小块儿黑暗
你睡不能睡，你爱着清醒
你认定你会忘记所有
你很想喊一个名字、一个人、一棵树
熟悉，不熟悉，爱或者不爱
只要对面也能准确地呼喊你

我想

我想酿一坛酒
我想独自醉一回
我想朝着夕阳奔跑
我想唱起那沧桑而忧伤的歌谣
我想这一路树木成行
我想路边的田野野草丛生
我想野草和我一起在风中飘摇
我想这条路没有尽头
我想这首歌谣永无止休
我想在这奔跑中闭上眼睛
我想在无边无际中回到故乡
我想在故乡做一个清爽的梦
我想在梦中哭泣
我想在眼泪中看见彩虹
我想把彩虹装进酒坛
我想把酒坛亲手抵到你的胸口

我们又躲过一劫

该死的，不，是仁慈的
小行星并没有偏离轨道
此刻，我们仍在原来的位置上
心安理得地享用着晚餐
什么都没发生
是的，这个世界上
什么都没有改变
对于这种没有显现的饶恕
我们不会察觉也从不感谢

刺

去年深秋扎进手指里的刺
太深，拨了很久也没拨出来
后来不疼了，我以为
我们就此和平共处了

过了很久，我承认
我早已忘了它

今天早上醒来，还是那根旧刺
还是它，跳了出来
站在我手指上，挑衅
警告我——
所有的疼都不会凭空消失

一首晚安诗

很热
风也很热

清凉的风还在远处
远处还在更远的地方

雨水正在高空聚集
预计明天降落

一些灰暗的情绪
烟雾一样萦绕

那些优雅的词
已被放逐

生活没有停手的意思
不管时间是否存在

和远来的客人共进晚餐

疾风骤雨时，我们已经坐在包厢里
向远来的客人举起了酒杯

其间，一位女客人谈起了戴望舒的雨巷
徐志摩的康桥，甚至还谈起了
林徽因和梁思成、金岳霖的爱情故事

她看着雨后窗外涌起的海浪般的云朵
端起酒杯说她也想成为一个诗人
又说她快五十岁了，马上就要退休了

第三辑
波纹

镜中

每次洗脸，我总想
尽快睁开眼睛
期待镜子里会出现
另一个面孔
而几十年如一日
每次都是同一个人
他和我一样
慢慢也长出了皱纹
表情逐渐僵硬
他也在衰老
我看不透他的悲喜
他有时会定睛看看我
有时又立刻闭上眼睛

坐在马路牙子上喝酒

你心甘情愿待在一个地方
就不要说是被困在一个地方

你心甘情愿爱一个人
就不要说为情所累

爱就毫无保留地去拥抱
不爱就义无反顾地转身

你坐在马路牙子上喝酒
就要一大口，再一大口

像梦话

那么悲伤
是因为没有说话
没有为自己说话
也没有为别人说话
没有为死人说话
也没有为活人说话
没有为一棵草说话
也没有为一滴水说话
这个名单
还可以一直罗列下去

一路都是沉默
只有火在烧

五月的麦田

又到了五月
又到了麦子金黄的时候
我又看到他们站到麦田里
在地垄上奔跑
挥舞着白嫩的胳膊
之后，他们写诗
把麦浪比作波浪
把自己比作麦田的守望者
却没有把哪怕一滴汗水
献给麦田

秘密

我从未想过把自己和盘托出
我想留下一部分
我想有些东西
就应该只属于自己

我会把它们种到窗下
等夏天，我站到它们中间
我就拥有了绿荫
我要让它们的枝叶把我围绕
我要让它们再长回我的身体

等你经过，你会看到
我就像一棵树一样
笔直地站在我的窗前，向上生长

婴儿

它那么小
手那么小
脸那么小
眼睛也那么小
小到没有性别
小到谁给它欢乐
它就给谁咯咯地笑
谁让它悲伤
它就对谁号啕大哭
小到它想要谁的爱
就可以得到谁的爱

太久没到地里去看看了（一）

我就快要被土地抛弃了
我就快要想象不出
那些庄稼、果树和野草
在雨中的欢呼了

我多么愿意听到它们

而敲门声不断地响起
电话铃声不断地响起
有人在喊我的名字
我又听到火车飞驰的声音
钢铁撞击的声音

它们任何一个都会让这雨声
这欢呼声
瞬间就退回到云彩里

我有太久没到地里去看看了
而现在正下着雨
那些欢呼声正在雨中响起

大风起

快乐是短暂的
悲伤的时间稍长
也终将消失

大风又一次吹到沧州
人们都开始关紧门窗

你不再想告别什么
要离开的自己会走
你也没有什么庆祝

第二天已经到来
你还活着
我们都还活着
像历史一样活着

重要的是

阳光照耀着
我的办公桌
我的地板
我的床
和我
这并不重要
重要的是
它愿意
毫无保留地
去照耀
它能照耀的
每一个地方

我不愿你知道

我愿你知道
我还相信你
夜深人静时我想的
是你曾放在我手心里的无名指

我不愿你知道的
你明了

给我一把刀

给我一把刀
随便一把就好
只要可以削动
我手中的苹果
之后，我还你刀
我坐到河边吃苹果
你愿意就跟来

你说：哦

那我就削两个苹果
你一个，我一个

你说：够意思

快走吧。我把苹果抛给你
那是一个良宵。我把苹果
和刀一起抛给你
那就是两颗炸弹

雨夜偶遇

你这个遍体鳞伤的人
叫我怎么认出你

你瘦了。拿筷子的手
都看得见骨头

安心吃吧
我在你身边

你这个沉默不语的人
还是那么倔强

听大悲咒

坐在黑暗中
我听大悲咒

走在大街上
路边的杨树
把金黄的叶子
落在我身上
我在听大悲咒

傍晚时分
西边天空已经红透
麻雀从头顶飞过
落在电线上
我在听大悲咒

坐到餐桌旁
喝了满满一碗红薯玉米粥
我在听大悲咒

饭后一支烟

我在听大悲咒

其实，我听不懂
我只是想听
躺在床上闭起眼睛
请求佛祖原谅
我还在听大悲咒

在这明亮的夜里

我站在这里
在这棵老树下面等车

赶早班的人们三三两两
打我身边经过
他们裹得严严实实
看不出模样
只听见他们的声音
像枝头的月亮
像刚刚划过的那颗流星
真干净

我站在这里
站在这明亮的夜里
好像所有人都是干净的
所有的路也是干净的

傻子

弹尽粮绝的时候
他不会从集市上为你带回粮食和水果

他不写诗，也不接近诗
他每天傍晚都要去附近的公园遛狗

你不要企图靠近他的内心
他不想欠你，自然也不会为你付出

你该做些什么就去做些什么
比如跑步，比如写诗，比如喝点儿小酒

今晚的天气还是不错的
你要及时地热爱无边无际的天空和弯弯的新月

热爱也是有时限的。这并不是玩笑
痴如傻子才说热爱是一辈子的事

玉兰

他们围着一棵玉兰
拍他们能拍到的每一片叶子
每一朵花

在他们眼中，这棵玉兰
和别的玉兰不一样
每一片叶子
每一朵花都不一样

他们都觉得自己发现了什么秘密
这个秘密和别人发现的也不一样

而每一棵玉兰树都一样地站在大地上
一样地孤独着

羞愧

最近，我总是想起
那几个泥瓦匠
他们身上总是挂着
很多泥点，他们走路总是
离我很远。只要一想起
那个晴朗的早晨
我就为我这身
干净的衣服
感到羞愧
为我内心肮脏的
那一部分
感到羞愧

从前

从前的人事多少
从前的时间多薄
想起来
都像一片嫩叶子
经络清晰

现在呢，却混沌得
很多人事都像昨晚的一场梦
醒来就忘记

刚刚说到一片嫩叶子
原本想说某棵树的叶子
你看，想到现在
我也没有想出一棵
合适的树

我忘了我想干什么

吃着饭
我忽然站起来
走到厨房里转了一圈
锅里还有一些小米粥
在冒着热气
然后我走出来
关上厨房的灯
又坐回桌前
继续吃饭

日常生活（二）

西红柿太贵
我就没买
只买了黄瓜和土豆
还好除了西红柿炒蛋
我也喜欢黄瓜蘸酱
和酸辣土豆丝

我拎着它们往回走
夕阳的余晖洒在我们身上
我真爱我手里的黄瓜和土豆
我真爱它们
我爱所有的蔬菜
我爱这不刺眼的光芒

暗涌

两个年轻人的情欲是美好的
是衣冠楚楚的人们让它变得羞耻

他们小心翼翼地保持距离
像两个毫无关联的人

走到小路上，牵起手的时候
我很庆幸他们发现了我却并没有把手分开

无限地……

无数的光斑从枝叶间
漏下来
像一个个梦
无限地接近你

耳边，伍佰在唱着：
是这样吧
我知道你要离开我

紧接着，那歌声就顺着一旁
篱笆上的藤蔓
往上爬，往上爬
无限地去接近天空

我喜欢的菜市场

天气晴朗，菜市场里
放眼望去都是陌生人
都是新鲜的蔬菜
我们经过彼此
如果不小心碰到了对方
就微笑着说声对不起
然后，继续
我买我的菜
你买你的菜

时代之谜

我不知道
我的心
是从什么时候
开始变硬的
又是从什么时候
开始变空的

大片的青草

想要大片的青草
只是单纯的一大片青草
除了风
别的什么都不需要有
不需要羊
不需要人
只是单纯的一大片青草
随着地势高低起伏
向远处
向更远处去

从外面回来

特别想吃一块儿甜瓜
特别想把自己放到浴室里
放到游泳池里
放到老家的滹沱河里
放到大海里

特别不想说话
不想和任何人说
这一天发生了什么
明天又要发生什么

烧烤摊前的鸽子

烧烤摊前的铁笼子里
那些鸽子特别安静

夜晚马上要来了
路灯马上要亮了
食客们马上也要来了

它们好像早已知晓
即将到来的命运
铁笼子很小
它们都缩在一起

我不忍看向它们
又忍不住看向它们

它们那么安静
再也无法回到天空
它们目不转睛地
看着我走远

和尚和少女

我要到马路对面去
一个和尚站在我旁边
可能也要到马路对面去

我正想问他来自哪座山
哪座寺庙
一辆出租车就停到我们面前
和尚很熟练地坐进去
关上车门，车就开走了

随后，我一个人来到马路对面
遇到一个特别瘦小的女孩儿
我们擦肩而过的时候
她抬起右手抽了一口烟
我看到她吐出的烟圈
比我吐得圆

有时候

我做不到这样，像那位客人
一个人平静地坐在五星级酒店
点一盘酸辣土豆丝
两碗米饭
如同上帝一般
平静而自在地
边吃边喝免费的白开水
付钱，又平静地走开

有时候，我在乎背后的眼神
我不能像风一样来去自如

有时候，我不光做不到这样
也做不到那样

一个混浊的下午

在混浊的天气里
最应该打扫卫生
把桌子擦得一尘不染
选一本陌生人的书
打开，去读他
和他产生一些
既远又近的关系
就静止在这一刻
这一刻就是历史
包括这闪着幽光的桌面
以及沾满灰尘
被丢进垃圾桶的纸巾

中元节之夜

有几个小朋友奔跑着
在院子里燃放艾草味的烟花

许多年前的中元节
我领着小侄子
站在滹沱河南岸看河灯

那一年，滹沱河里
淹死了两个小女孩儿

河灯漂走了
往回走的路上
有一只很大的刺猬
从豆子地里出来正要穿过这条小路
我们就停下来让它先走过去

波纹

雨刚刚停，路面上的积水
已经足够被风吹出波纹

那个自闭症小男孩儿安静地坐在河边
他一定和那些波纹达成了某种契约
成为了其中的一条弧线
和它们一起荡漾
他不说话，他从没想过风会停下来

而我刚刚走过
波纹就在马路上消失了

朋友

柿子已经红了
被过路人摘走不少
天很冷
又到了喝酒暖身的时候

那个人也走在去往小酒馆的路上
我们并不知道他叫什么
他走在我们旁边
离我们很近
就像是我们的一个朋友

茫茫

昨日忙。一早应对检查
中午冒雨去吃酒
路不熟，走错两次
才终于坐到桌前
因下午有事，未饮酒
众人皆言下次定要轻装上阵
席间谈起最近的喜事
不偏不倚又引到我的身上
我早已习惯，不辩解
只是笑，只是喝茶
越喝越饿，就大口吃菜
不觉已三点
众人饮尽杯中茶酒离席而散
屋外雨一直未停
望远处已升腾起薄雾
前路茫茫需慢慢走

姐姐

那时早上还很冷
我穿着妈妈做的新棉鞋
和姐姐一起去上学
在滹沱河上刚迈出两步
冰面就裂开了
我掉了下去
还在岸上的姐姐
很快把我拉了上来
我们一起返回家中
我换了另一条棉裤
和一双旧棉鞋
我们又一起绕了远路
去上学了

在河边

你九岁
十岁
还是四十岁

那些是星星
是风
还是波纹

一只雪白的小羊
站在河边饮水
回头看向你

九岁的你
十岁的你
还是四十岁的你

夏夜

会在院子里乘凉

在凉席上睡觉

凉席有麦子的清香

蚂蚁也会爬上来

星星很多

一颗比一颗亮

最亮是一闪而过的流星

当它掠过头顶

我们只是兴奋和欢喜

没有许愿也不懊悔

那时的人们没有那么多愿望

未完成

去年在许公社兄那里得知
阿东兄生前喜欢我的诗
我很感动，也很遗憾
我们一句话都还没有说过
去年年底我出了一本很薄的诗集
我很想给阿东兄送一本
却不知送去哪里

小区西边的五月酒吧
是一个很小很小的酒吧
我进去看过一次
什么也没要
我只想坐在一个冷清的小酒吧里
什么也不想也不说
只是单纯地喝一杯威士忌

也在不远处，还有一家知微书房
我想认识里面的人
有一次，我鼓起勇气前往
可那天书房休息

我之前在窗外看到过他们
坐在一起喝茶聊天
我想听听他们在谈论什么

还有几个想写的小说没有写
它们一直悬在我的心里
像没说出口的爱
像没说再见的告别
像站在最高的山峰
也望不到尽头的未来

嗯，还有未来

寻人不见

那时微信还没流行
我们皆在论坛博客穿梭
人来人往并不知彼此姓谁名谁

某夜，回访一陌生博客
读到整个夜晚都安静下来

印象中，他大概是个中年人
居山西，常有琐事
但有一二朋友可陪小酌

后来我又去博客找过几次
可终究没再寻得

西葫炒蛋

昨日宴会上喝了酒
胃里一直烧，扑不灭
大有不烧尽不罢休的势头
身边花盆里的绿萝也恹恹不欢

幸亏晚饭有合口的
西葫炒蛋，让我吃下一个馒头
谢天谢地谢谢厨师

我是买菜的管家，之前做账
西葫两字总错成“西湖”
时常有小怒，现在
竟觉出可爱

太久没到地里去看看了（二）

从地里干完活儿
扛着锄头往回走
额头的汗还没干
吹过来的风都是舒爽的风

遇到相熟的人
就把锄头放下
打招呼聊几句家常
继续往前走

路边有很多无名野花
或好看或朴素
或开几朵或开一片
顽皮时也会掐下一朵

来去往往都是走路
这同一条路啊
直到如今，我一直认为
回来的路更短一些

天黑了

天是从东边开始黑的
慢慢地，西边的光也暗了下去

人们该回家的，已经回家
灯该亮起来的，也都亮了起来

我的小米粥在炉火上咕嘟着
米香就已经从厨房里飘出来

米香来到客厅，来到卧室
又从阳台滑入了寂静的夜

图书在版编目（CIP）数据

我爱这不刺眼的光芒 / 阿步著 . -- 石家庄 : 河北教育出版社 , 2024. 9. -- (燕赵秀林丛书：文学). -- ISBN 978-7-5545-8861-1

Ⅰ . I227

中国国家版本馆 CIP 数据核字第 2024PB7756 号

燕赵秀林丛书 · 文学

我爱这不刺眼的光芒

WO AI ZHE BU CIYAN DE GUANGMANG

作　　者　阿　步

出 版 人　董素山　汪雅瑛

责任编辑　刘书芳　崔　璇

装帧设计　李关栋

出版发行　河北出版传媒集团

河北教育出版社　http://www.hbep.com

（石家庄市联盟路 705 号，050061）

印　　制　石家庄名伦印刷有限公司

开　　本　787 mm × 1092 mm　1/16

印　　张　11

字　　数　122 千字

版　　次　2024 年 9 月第 1 版

印　　次　2024 年 9 月第 1 次印刷

书　　号　ISBN 978-7-5545-8861-1

定　　价　58.00 元